Chère lectrice, cher lecteur,

Les livres ont la capacité d'ouvrir nos yeux, nos cœurs et nos esprits. *Le costume de Malaika* est un conte captivant mettant en vedette une fillette des Caraïbes qui est emballée à l'idée de célébrer le carnaval de son village natal. Elle est aussi déterminée à confectionner le costume de ses rêves. Au moyen d'un récit passionnant qui marque l'imaginaire et met en valeur la riche culture des Caraïbes, *Le costume de Malaika* fait ressortir le rôle de la communauté tout en soulignant aux jeunes lecteurs l'importance de la représentation, de l'espoir et des liens avec les autres.

Déterminés à continuer de soutenir les programmes d'alphabétisation des enfants, le Groupe Banque TD et le Centre du livre jeunesse canadien sont ravis d'offrir un exemplaire de ce livre à chaque élève de première année du Canada. Cette année marque le 21e anniversaire du programme *Un livre à moi TD* dans le cadre duquel nous avons distribué, à date, plus de onze millions de livres à des élèves de première année.

J'espère que *Le costume de Malaika* sera l'un des nombreux livres inspirants qui permettront de rapprocher les membres de votre famille.

Je vous souhaite une bonne lecture!

Bharat Masrani
Président du Groupe et chef de la direction
Groupe Banque TD

Pour en savoir plus sur tous les programmes de lecture soutenus par la banque TD, consultez le www.lecturetd.com.

Chère lectrice, cher lecteur,

La plus grande qualité d'une histoire est de nous faire voir le monde à travers le regard d'une autre personne. Nous avons ainsi la chance d'avoir un aperçu du quotidien de la jeune héroïne de ce livre, qui aborde la vie avec joie et détermination. L'album choisi cette année pour le programme *Un livre à moi TD* suit la petite Malaika alors qu'elle se prépare à célébrer le carnaval chez elle, dans les Caraïbes, tandis que sa mère organise leur nouvelle vie au Canada. Avec ses couleurs vives et sa langue riche, les jeunes lectrices et lecteurs s'identifieront facilement à Malaika, une fillette débordante d'imagination et d'ingéniosité pour réaliser son costume de carnaval de rêve. Certains d'entre vous découvriront une nouvelle culture grâce à Malaika, et d'autres trouveront peut-être une histoire de famille qui reflète leur propre expérience. Peu importe qui vous êtes, ou quelles sont vos origines, nous sommes convaincus que cette célébration de la famille, de l'imagination et de la communauté vous ouvrira au pouvoir de la lecture.

Le Centre du livre jeunesse canadien est fier de s'associer au Groupe Banque TD pour offrir *Le costume de Malaika* à tous les élèves de première année du Canada, afin qu'ils puissent l'emporter chez eux et le lire avec un parent ou une personne de leur entourage.

Pour de plus amples informations, des ressources et des programmes de promotion de la lecture, visitez notre site centredulivrejeunesse.ca.

Bonne lecture!

Rose Vespa
Directrice générale
Le Centre du livre jeunesse canadien

Le Centre du
livre jeunesse
canadien

Le costume de Malaika

Nadia L. Hohn

ILLUSTRATIONS

d'Irene Luxbacher

TEXTE FRANÇAIS

d'Isabelle Allard

Éditions
SCHOLASTIC

Édition spéciale réalisée pour
le programme *Un livre à moi TD*.

La présente édition, publiée selon une entente spéciale avec le Centre du livre jeunesse canadien et le Groupe Banque TD, sera distribuée gratuitement à tous les élèves de première année au Canada.

Le Centre du livre jeunesse canadien
425, rue Adelaide Ouest, bureau 200
Toronto (Ontario) M5V 3C1
centredulivrejeunesse.ca

Éditions Scholastic
604 rue King Ouest
Toronto (Ontario) M5V 1E1
scholastic.ca/editions

Le siège social et les bureaux de Scholastic à Toronto et à Markham sont situés sur les terres ancestrales des Wendats, de la Nation Anishinabek, de la Confédération de Haudenosaunis, de la Première Nation des Mississaugas de New Credit et de la Nation Métis. Nous reconnaissons la pérennité des peuples autochtones sur ce territoire.

Imprimé et relié au Canada par Friesens Corporation
Aussi disponible en anglais : *Malaika's Costume*
ISBN (français) 978-1-988325-13-2
ISBN (anglais) 978-1-988325-12-5

Catalogage avant publication de Bibliothèque et Archives Canada
Titre: Le costume de Malaika / Nadia L. Hohn ; illustrations d'Irene Luxbacher ; texte français d'Isabelle Allard.
Autres titres: Malaika's costume. Français
Noms: Hohn, Nadia L, auteur. | Luxbacher, Irene, illustrateur. | Allard, Isabelle, traducteur. |
Centre du livre jeunesse canadien, organisme de publication.
Description: Traduction de : Malaika's costume. | Édition originale : 2017.
Identifiants: Canadiana 20210200170 | ISBN 9781988325132
(couverture souple)
Classification: LCC PS8615.O396 M3514 2021 | CDD jC813/.6—dc23

Les illustrations ont été réalisées à la gouache et au pastel tendre sur du papier trouvé, puis modifiées numériquement.
Conception graphique : Michael Solomon

Pour mes chers élèves de l'école alternative Africentric.
Pour chaque enfant ayant de grands rêves,
afin qu'il les réalise un jour.
— N. H.

Pour ma famille, avec tout mon amour.
— I. L.

Jab Molassie : personnage de mascarade et démon acrobate dont le nom vient des mots « diable » et « mélasse ».

kaiso : musique originaire d'Afrique occidentale et chantée par les esclaves des Caraïbes, qui raconte une histoire avec une signification cachée. Elle a évolué vers la musique calypso.

manioc : racine d'un arbuste tropical utilisée pour faire de la nourriture.

Moko Jumbie : échassier d'Afrique occidentale dont la taille était traditionnellement associée à la capacité de voir le diable.

obeah : pratiques caribéennes d'origine ouest-africaine comprenant de la magie, de la sorcellerie et du mysticisme, en plus de croyances chrétiennes.

Pierrot : personnage de mascarade muni d'un pistolet ou d'un fouet, connu pour ses longs discours et joutes verbales.

rasta : homme qui pratique le rastafarisme, un mode de vie né en Jamaïque, mais ayant des racines africaines, juives et chrétiennes.

soca : musique apparue dans les années 1970 à Trinité-et-Tobago, où la musique calypso était influencée par les rythmes indo-caribéens, le R&B, le soul et le disco.

JE FERME LES YEUX et je danse. Je suis
un magnifique paon aux plumes chatoyantes
vertes, dorées, turquoise et brunes.

Grand-maman dit :

— Il n'y a pas de doute, tu es vraiment
ma petite-fille.

C'est mon premier carnaval sans maman.

— Elle est au Canada, dit oncle Ewart. Le Canada est un pays où elle peut avoir un bon travail. Ainsi, elle vous aidera et vous vivrez mieux, grand-maman et toi.

Le Canada est froid comme une glacière. Sur le sol, il y a une chose appelée « neige ». Maman m'a envoyé des photos. La neige ressemble à des flocons de noix de coco tombés du ciel. Elle dit que les enfants jouent dans la neige et construisent des bonshommes.

Ça doit être drôlement collant!

S'il y a tellement de travail au Canada, pourquoi grand-maman et moi attendons-nous aussi longtemps pour recevoir de l'argent? Maman a dit qu'elle en enverrait pour fabriquer mon costume.

Bientôt, ce sera le carnaval.

Tout le monde prépare son costume.

Michael et Junior se déguisent en Jab Molassie pour le carnaval des enfants.

Ils vont porter des shorts et se couvrir de peinture bleue.

Ravina et Shelly seront des hibiscus rouges. Dans leurs saris, elles ressemblent à des mariées.

Malcolm et Marcus seront des Moko Jumbies. Sur leurs échasses, ils ont l'air de girafes. Même le bébé des Johnson, Ivan, a un costume de Pierrot.
Il marche encore à quatre pattes!

Tout le monde répète ses pas de danse.

Tout le monde, sauf moi. Je n'ai plus envie de danser.

Aujourd'hui, une lettre est arrivée. Depuis qu'elle l'a ouverte, grand-maman a l'air triste. Je devine ce que dit cette lettre et de grosses larmes coulent sur mes joues.

Grand-maman va dans sa chambre. Elle revient avec une vieille valise rouge que je n'ai jamais vue. Elle en sort un costume vert et violet couvert de paillettes dorées et de rubans.

— C'était mon costume de carnaval quand j'étais jeune fille, dit-elle.

Grand-maman me fait enfiler le vieux costume poussiéreux. Il a une drôle d'odeur. Il me serre le ventre et des paillettes tombent. J'ai chaud et ça pique.

— Grand-maman, je ne l'aime pas. Je ne veux pas porter ce vieux truc usé!

J'enlève le costume et je l'entends se déchirer. Je cours, cours, cours pieds nus. Mes pieds sont secs et chauds.

Je passe devant deux chèvres qui boivent dans une flaque d'eau.
Je passe devant les jardins des voisins, M. Da Silva, Mme Blake et le
pasteur Simms. Je passe devant l'église où grand-maman m'amène parfois
et où on chante en tapant des mains. Je vois de vieux messieurs devant
le café. De l'autre côté de la rue, je vois Menelik le rasta, qui vend
des croustilles de manioc et la gelée de coco que j'aime tant. Je suis
presque arrivée à la maison de la femme obeah à l'autre
bout de la rue.

Je m'arrête. Je ne sais plus où aller.

Puis j'entends une chanson que je connais. Elle joue sur une chaîne stéréo. Les paroles disent : « À six ans, je frappais le tambour d'acier... Ma grand-mère me l'a affirmé... C'est vrai qu'on est pauvres, mais on a notre dignité... »

C'est l'une des chansons kaiso préférées de grand-maman.

Je cours chez Mme Chin, la couturière.

— Avez-vous des retailles de tissu? J'ai juste besoin de quelques chiffons, lui dis-je.

— Ta grand-mère te fait d'autres poupées, petite? demande-t-elle de sa voix chantante.

Je pense à mes deux jolies poupées de chiffon, CeeCee et DeeDee, assises sur mon lit.

— Non, madame. C'est pour une surprise.

Mme Chin va dans l'arrière-boutique. Elle revient avec un grand sac de plastique rouge. Il est rempli de bouts de tissu de différentes couleurs.

Je souris.

— Merci, madame.

Puis je retourne à la maison en courant.

Tout en serrant la poignée du sac, j'ouvre la
porte à la volée et crie :

— Grand-maman! Grand-maman! Devine ce
que j'ai trouvé!

— Chut! Pas si fort, petite, fait grand-maman.

En voyant son visage triste, je me mets à pleurer.

— Excuse-moi. Je ne voulais pas te dire ce que
je t'ai dit et me sauver.

— D'accord, Malaika, tout va bien maintenant.
Qu'as-tu là-dedans? demande-t-elle avec un sourire.

Je lui montre le sac de tissu et souris en lui
expliquant mon idée.

C'est au tour de grand-maman de me surprendre. Pendant que j'étais partie, elle a réparé le costume et l'a nettoyé avec du savon et de l'eau de rose. Ensuite, elle a mis un peu de poudre pour bébé à l'intérieur pour qu'il sente bon. Je vois le costume tout propre sur la corde à linge, en train de sécher au soleil.

— Il sent bon, grand-maman, dis-je.

— Petite, que seras-tu cette année?

— Un paon arc-en-ciel comme celui de mon rêve... La tête sera brillante, fière et puissante, dis-je.

Je trouve de petits boutons turquoise, verts, dorés et bruns dans la boîte à couture de grand-maman. Je les collerai sur la tête. Je trouve aussi deux boutons transparents pour les yeux. Ils ont l'air de bijoux scintillants.

— Le corps sera rond et plein de plumes multicolores, grand-maman!

Nous déchirons de petits morceaux de tissu et les ajoutons au costume.

— Oh! De la mousseline rouge, de la soie bleue, de la dentelle verte, des rubans violets... chuchote grand-maman.

Ces mots sont comme de la musique à mes oreilles.

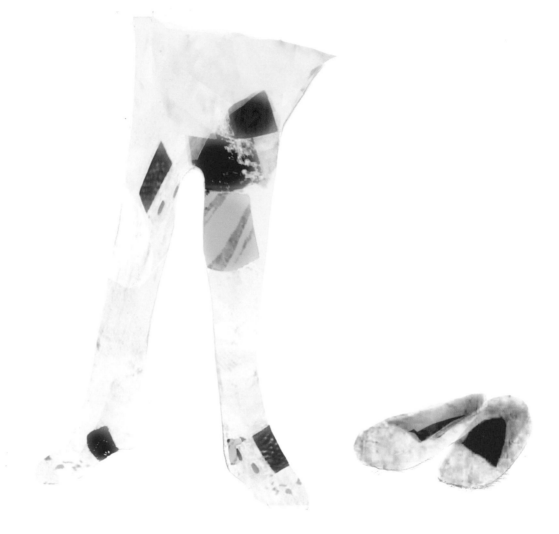

— Et des bas dorés pour les pattes!

Grand-maman sort des bas froissés de la valise, ainsi qu'une paire de chaussons. Il y a des trous dans les bas, mais grand-maman m'aide à les raccommoder avec des retailles.

— Grand-maman, ce paon arc-en-ciel a des pattes en patchwork! dis-je en riant.

Nous collons, cousons et nouons le tissu sur le corps du paon. Grand-maman m'aide même à fabriquer des manchons en tissu cuivré pour faire les ailes. Je tortille du fil de fer doré pour ajouter des plumes.

J'enfile soigneusement le costume de paon. Puis grand-maman pose la tête sur mon front. Je me regarde dans le miroir. Ce déguisement me va bien et je brille de la tête aux pieds.

— Qui est ce joli paon? Petite, ce costume est plus beau que jamais!

Grand-maman a raison. Je suis encore plus belle que le paon de mes rêves.

Le lendemain matin, je me lève d'un bond.

— C'est l'heure, grand-maman! C'est l'heure!

Je mets mon costume à nouveau, très lentement. Je me sens triste. D'habitude, c'est maman qui m'habille pour le carnaval.

— Grand-maman, est-ce qu'on peut prendre des photos, aujourd'hui? Je voudrais les montrer à maman.

— Bien sûr, petite. Ta mère ne voudrait pas manquer ça. Elle sera si fière que tu aies fait ton costume toi-même!

Grand-maman m'emmène au carnaval des enfants,
où tous les gens sautent et dansent au son de la musique.
Des rythmes soca et calypso résonnent dans les rues.
    Je vois Mme Chin.
    — Oh là là! s'exclame-t-elle. Quelle belle création!
Tu es magnifique, ma jolie.
    — Qui es-tu donc? La reine du carnaval? dit oncle
Ewart en riant.

Je marche à l'avant du défilé,
fière comme un paon! Je tourne
et je danse, danse, danse!

NADIA L. HOHN est une auteure et éducatrice qui vit à Toronto. Son premier album, *Le costume de Malaika*, a gagné la récompense en littérature jeunesse canadienne Helen Isobel Sissons et le Prix de la littérature jeunesse de la Fédération des enseignantes et des enseignants de l'élémentaire de l'Ontario. Nadia est aussi l'auteure des albums *Le carnaval de Malaika* et *La surprise de Malaika*, tous deux illustrés par Irene Luxbacher; *A Likkle Miss Lou: How Jamaican Poet Louise Bennett Coverley Found Her Voice*, illustré par Eugenie Fernandes; *Harriet Tubman: Freedom Fighter*, illustré par Gustavo Mazali; ainsi que deux titres de la série SANKOFA : *Music* et *Media*. Pour écrire ses livres, Nadia s'inspire de ses souvenirs d'enfance, de son héritage jamaïcain, de la culture noire, de ses voyages dans le monde et des problèmes sociaux.

IRENE LUXBACHER est une artiste et auteure basée à Toronto et dont le travail a été primé à de nombreuses reprises. Elle a écrit et illustré plusieurs albums, dont *Deep Underwater*, finaliste pour une récompense Elizabeth Mrazik-Cleaver; *Mr. Frank*, qui a reçu un prix USBBY Outstanding International Book; et, plus récemment, *Lorsque j'étais un ours*. Les illustrations qu'elle a créées pour *Le costume de Malaika*, *Le carnaval de Malaika* et *La surprise de Malaika* ont été largement applaudies, et les illustrations de l'album *Le jardin imaginaire de grand-papa* ont été mises en nomination pour le Prix littéraire du Gouverneur général.

TROUVEZ LE NOUVEAU LIVRE PRÉFÉRÉ DE VOTRE FAMILLE!

Découvrez nos collections thématiques et nos ressources en ligne en visitant notre site Internet. Passez visiter notre chaîne YouTube **biblio**vidéo, totalement consacrée à la littérature jeunesse canadienne et à la lecture!

Le Centre du livre jeunesse canadien

CENTREDULIVREJEUNESSE.CA   YOUTUBE.COM/BIBLIOVIDE